Emily,

Emily,

Guilherme Condimura

※ telaranha

© **Guilherme Conde Moura Pereira, 2024**

Coordenação editorial Bárbara Tanaka
Assistente editorial Juliana Sehn
Capa Davi de Sousa
Projeto gráfico e diagramação Bárbara Tanaka
Fotografias Ramy Kabalan, Ave Calvar Martinez e Roman Tymochko
Comunicação Hiago Rizzi
Produção Letícia Delgado, Lucas Tanaka e Raul K. Souza

Dados Internacionais de Catalogação na Publicação (cip)
Bibliotecário responsável: Henrique Ramos Baldisserotto – CRB 10/2737

C745e	Condimoura, Guilherme
	Emily, / Guilherme Condimoura. — 1. ed. — Curitiba, PR: Telaranha, 2024.
	72 p.
	ISBN 978-65-85830-12-6
	1. Poesia Brasileira I. Título.
	CDD: 869.91

Índices para catálogo sistemático:
1. Poesia : Literatura Brasileira 869.91

Direitos reservados à
TELARANHA EDIÇÕES
Rua Ébano Pereira, 269
Centro – Curitiba/PR – 80410-240
41 3220-7365 | contato@telaranha.com.br
www.telaranha.com.br

Impresso no Brasil
Feito o depósito legal

1ª edição
Novembro de 2024

"We lose—because we win—
Gamblers—recollecting which
Toss their dice again!"

— **Emily Dickinson**

sumário

segunda lei da termodinâmica, **11**
agora já não te perco; inevitável cinema, **13**
ghost in the shell, **17**
ل أبيب, **19**
queremos tanto a bilinda, **21**
shannen cassidy, **23**
frank o'hara | 791 broadway, new york, ny, **25**
mati diop, **27**
rembrandt, pollock, **29**
snuff, **31**
laura palmer, **33**
kathakali, **37**
leonardo marona, **39**
坂井泉水, **41**
boris, **43**
keira, **45**
kamen rider, **47**
candy darling, **49**
runescape, **51**
begleitungsmusik zu einer lichtspielscene, **53**
o terceiro mistério de emily, **55**
o ateneu, **57**
bacia das turcas, **61**

posfácio, por rita isadora pessoa, **65**

sobre o autor, **69**

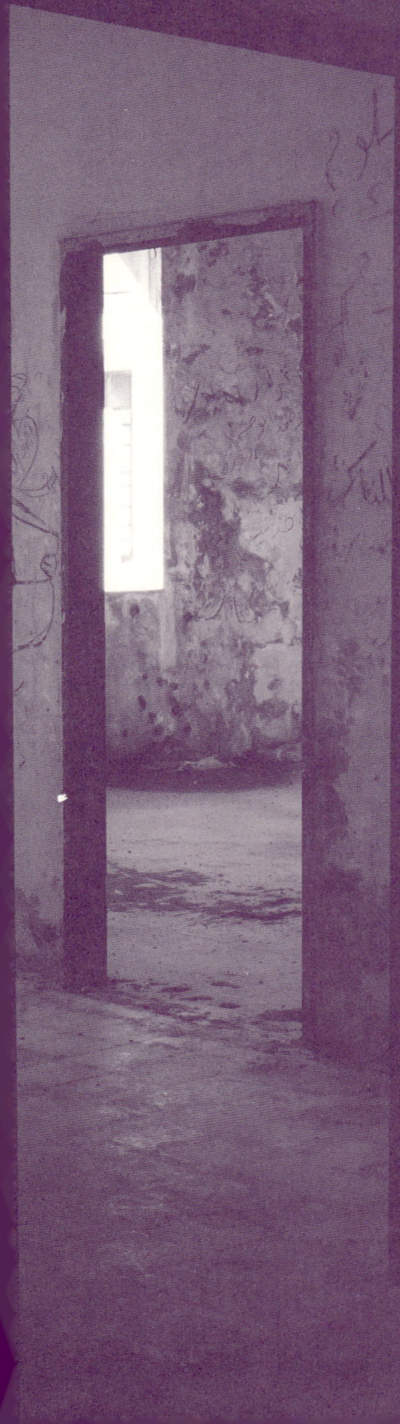

segunda lei da termodinâmica

Emily, é fim de mês,
com
a insistência de única torcedora do Náutico desta
cidade, você
adentra

a – impossível –
tarefa de
       redistribuir a nudez de
seus ângulos

: as faces dos cavalos, o
que dizem sobre suas
--?

[a reta que seus dentes traçam sob a tinta]

as asas da mariposa, um código topográfico de
Galápagos,
Emily, ----

[o pouso sobre as costas nuas e/
o vapor particular do cio da terra]

       sob sua camisa, pulsa --
       -- se acumulam cadernos sob a palma da mão
       é necessário, Emily
       : desmontar o tubo
              em carta

[ninfa da lama,/ no centro de uma cova de lobo,/
a rã se refresca]

agora já não te perco; inevitável cinema

não é impossível
nem escrever
mas a carta
ainda foi enviada pela metade,
contava a história
de uma professora que lhe
disse de um antigo aluno
que morreu
simplesmente por se barbear
se barbear demais, talvez

fechou o casaco
sentada de frente para o
rio lamacento, onde uma carcaça de
cão boiava
tranquila
a outra, segunda, na ponta dos pés
traçando um arco no ar

[plano detalhe;
a carcaça do cão morto
boiando
]

"podemos tudo"
"podemos algo?"
"me salva"
"não"

a lâmina
o sangue, a carta
pela metade

"eu queria saber" soltou o corpo do ar, as
solas dos pés descalços bateram na terra, largou
os braços "por que o garoto morreu"
"porque se barbeou demais" afundou mais
dentro do casaco
"mas e o cão, por que morreu?"
"alguém matou"
"me salva"

[close-up
na primeira;
o nariz avermelhado de frio]

"e se eu lhe arrancasse os braços?"
"doeria"
"então, posso lhe furar os olhos?"
"você pode tudo, podemos tudo, já disse" voltou a se erguer na
ponta dos dedos
usou a mão esquerda para
tapar o sol, proteger
os olhos
"o cão já sumiu"
"ele não sumiu, ainda está no rio,
 só não mais aqui"
"o rio não vai para lugar nenhum"

[corte]

a mão da primeira a
percorrer o rosto da segunda

as respirações
se misturavam em fumaça e frio
abriu com a ponta dos dedos
o olho direito
olhou fundo na pupila, viu seu reflexo, com o casaco
totalmente fechado
"me salva"
"sim"
passou a lâmina de barbear pelo olho gelatinoso
escorreu
branco e vermelho, pela bochecha

ela sorriu
foi até o olho esquerdo
abriu também, delicadamente
com as pontas dos dedos,
se aproximou encostando a língua
na matéria gelatinosa,
sentiu fome
uma fome de cão

[corte;
a nuca da segunda que está virada para o rio]

"o que vês?"
"a segunda metade da carta"
"nós podemos tudo"
"sim, podemos tudo"

ghost in the shell

esboços do rosto tropical. mistério,
a argentina se calava no
canto da sala, com
agulhas entre os dentes

era a época das conversas
sobre Artaud
de outras leituras de Hamlet
de um dia fino
confundido
entre sábado e
sexta-feira
quando anjos
abriam as linhas do céu anunciando a volta
de todos
mal-entendidos

o ônibus precisava terminar
a viagem; a fronteira
do teu braço

as garotas da escola
esticadas sobre a mureta, a
tensão dos
joelhos, uma
fenda daquela
fome

tão quentes são
as noites em Santos, enquanto
soam os passos

بيبأل

"por vozes multifluentes
algaravia de arabescos"

— Haroldo de Campos

a sala de
una história de Ulisses
Lima, el risinho amolado
no rincón da luz
do velho abajour belga

"tem certeza de que só
há um caderno possível?"

os dois ojos que
desenham um arco em
uno cielo cromado

nuestro destaque sci-fi
a última lição de casa
:
Diderot, tão inocentes os carneiros

imagine
as roupas no varal

queremos tanto a bilinda

dormindo
enquanto te olho
ou quando cai de cara no chão
os olhos dominados por um rosa,
ou vermelho, que embaça a visão
ou quando arranhando a lataria dos carros
com um caco de vidro
você não percebe
é tua mão que sangra
é preciso remontar todos os filmes
recompor todas as músicas
reescrever tudo e, então,
de novo

shannen cassidy

quando (nunca)
(quase nunca)
alguém toca a campainha
da casa atarracada
e o cadáver se abre em
autópsia e se veem todos os restos
de alguém
o gosto de coca-cola e o mesmo disco
os lobisomens e os pássaros
o tempo o dilúvio de luz a proximidade
a outra visita a cineasta que só grava com
o que tem à mão e espera o tempo inteiro
pela oportunidade enquanto lê algo do Tezuka as coisas passam
e tudo
tudo passa sobre a terra
e é sempre madrugada quando olha
e vê a terra em um globo tão pequeno
onde fogem os instantes e tudo roda
tudo gira e nada passa na distância
não há prosódia que sobreviva
no espaço

frank o'hara | 791 broadway,
new york, ny

quase pintura, força e linha, sobre plano. encostada no
muro de tijolos, mochila sobre um dos ombros, moletom
cinza, braços na – então – única posição possível: a do
encontro. perguntava se eram mais baratos os livros com
menos palavras nas páginas. esse desafio de tuas pernas,
pelos shorts cortados. é um tigre que avança sobre todo o
mar?, a Areia Preta não é o fim, é um nodo, onde tudo se
estreita e cheira mal. se trata de exercitar os músculos. uma
embalagem de biscoito globo lembra das velhas conversas
sobre mangás. correria pra dizer que a sala de cinema
estava vazia. e ali se abriu a passagem do oceano. esta
mensagem. a construção,

mati diop

as crias
lagarteavam

[era um tempo oco, as arribações cobriam o dia]

um pássaro partido
ao meio [canto de uma
árvore] sua fina
coluna para fora, é uma
coragem, talvez
monolítica

tu, o mormaço, chão de
    cimento, reflexo em
        lâminas, respiração
em partes, um giro
decisivo

rembrandt, pollock

"Caminhos, ao meio – e os mais longos"
— Paul Celan, trad. Helena Maia

são as
tuas camadas
         o percurso de qualquer retrato invisível

essa sala repleta de
coisas, a mínima esperança de
que haja um fundo,

teu mundo,
horizonte borrado de verde &
roxo, a morte em pleno
verão,
  um blefe

é tinta que escorre pelo teu pulso, de uma mordida
– talvez de leão –,
e
desenha esta cidade

snuff

jogam tênis sem rede

há algum tempo
não se vê a exata
medida da primeira
pessoa

laura palmer

tanque de combustível de um foguete chinês caiu na terra
dez anos após o lançamento que
levava um satélite de GPS
para o espaço
a esfera metálica
com 1,1 m de diâmetro
e pesando quase 8 kg
chocou-se contra a boca de um vulcão
em Sumatra, Indonésia

foi a caderneta de anotações
esquecida sobre a mesa
naquela tarde
o caminho
para o viaduto na Liberdade, onde
muitos pombos
viviam entrelaçados
a peixes mortos,
uma espécie de consolo,
tudo pode vir, debaixo da cidade há um outro
desenho,

uma esfera de metal, vinda do espaço, onde passou 10 anos
colidida com um vulcão
é um conto
ao avesso,

se furarmos o mapa de Sumatra, Indonésia/
com uma esferográfica, estaremos olhando/
para fora?

[uma nuvem de gás]

, o que é um
crime de guerra?, será o lixo
espacial o maior problema futuro?, ou
será o passado?,
quem
em Sumatra, Indonésia, sabe que vive
na sexta maior
ilha do mundo?, talvez dentro
de 25 anos saberemos as
próximas perguntas
//
o risco
impossível deste mapa, decalques
das marcas da mesa,
madeira porosa acumula gordura altamente inflamável

controle de qualidade

18

kathakali

grau zero, vista reta
                inesperada curva. um bote
    imperceptível.

toda precisão
desta noite

– quem sabe morna –

já sabemos onde moram aqueles da primeira fila que
dormem no limite de
toda aventura

"não quer ir a algum lugar?"
"cá, demorar"

leonardo marona

apoiar-se nos palitos
de dente
e lembrar dos
    pequenos mutilados
porque
pode ser
que um dia
infelizmente

坂井泉水

uma sorte
de memória
cravada em
dias-almanaque

no centro dum
livro as marcas
amareladas de um
postal perdido

segure o corrimão,
não se perca de vista

boris

a fala de Nina
redescoberta por acaso
no verso da fotografia
de uma criança já sem rosto
que brinca com um caminhão de
bombeiros, a reinvenção do
universo, nas pequenas
mãos que roçam o plástico,
substância de uma
anterioridade futura

ruídos do empréstimo
de um livro inexistente

seguem prometendo?

keira

montar-se como
uma fita virgem com
fragmentos de fantasmas
da sua própria história:
meia-calça branca,
minissaia marrom,
o batom rosa

kamen rider

e o corpo, herói mutante, ciborgue, forjado em ponta de
lance, carrega, junto a si, abaixo do coração, o desejo: matar
o criador. isso dizem longas e demoradas falas por trás dos
ouvidos, em noites maldormidas. ocultos seres o cercam,
a fim de garantir o império de uma obtusa ordem. a moto
desliza, lhe esperaria agora e sempre. cachecol ao vento.
daquela varanda, o pesadelo sinfônico, o mundo inteiro se
abre em ameaça.

candy darling

passa o isqueiro
como quem passa
uma faca

disse do dilúvio de
luz, de Antero de Quental
esse curto-circuito divino

próximo, com espaço entre os lábios
e um ranger de
dentes, surge a epígrafe de
Kawabata no livro de
Wilson Bueno

                                  esse
abandono entre os dedos

runescape

prende os cabelos
e dispara
aquela risada de Odradek
que se confunde
com o som das folhas
secas
pacientemente
coletadas
do hall do edifício

insiste
que aqui está a história
do mundo

begleitungsmusik zu einer lichtspielscene

um vídeo
com horas &
horas de
duração
apresenta apenas
um homem
parado no meio
de um milharal

olha fixamen-
te para a câmera

talvez sorria

o terceiro mistério de emily

os olhos de
quadro-negro refletem
as sirenes
há aqueles que ainda podem
ser salvos?

meia dúzia de
nomes entre os dedos

a terceira volta
da língua bifurcada

– nosso desejo e esta moeda

o ateneu

era um som de engrenagem
enquanto os cupins
devoravam o invisível interior
da árvore de natal

era um som de engrenagem, maquinário,
os longos galhos se estendiam em
uma forte graça,
talvez
de cabra do Tibet, crescendo a
cada segundo, traçando
o ar e a terra,

era um som de engrenagem, maquinário, travava um pouco,
às vezes
o rastro que devorava e
fazia escorrer um filete de sangue pelo tronco,
ou seria linha
vermelha, lã, seda?

era um som de engrenagem, maquinário, travava um pouco,
às vezes, faiscava, acelerava, freava, rebobinava, movia seus
blocos internos, se ordenava, desordenava,
na base junto às raízes
se enfileiravam as
minúsculas pessoinhas
de chumbo
do grande mundo
se moviam bisonhas, como se fugissem umas das outras,
numa prova de força,
escapando dessa invenção fraca
a que se chama bravura

seus movimentos estruturados
pareciam carecer
e ameaçavam
em um relâmpago
de Damasco
sempre
o equilíbrio da
máquina dos ideais, que era todo um mundo

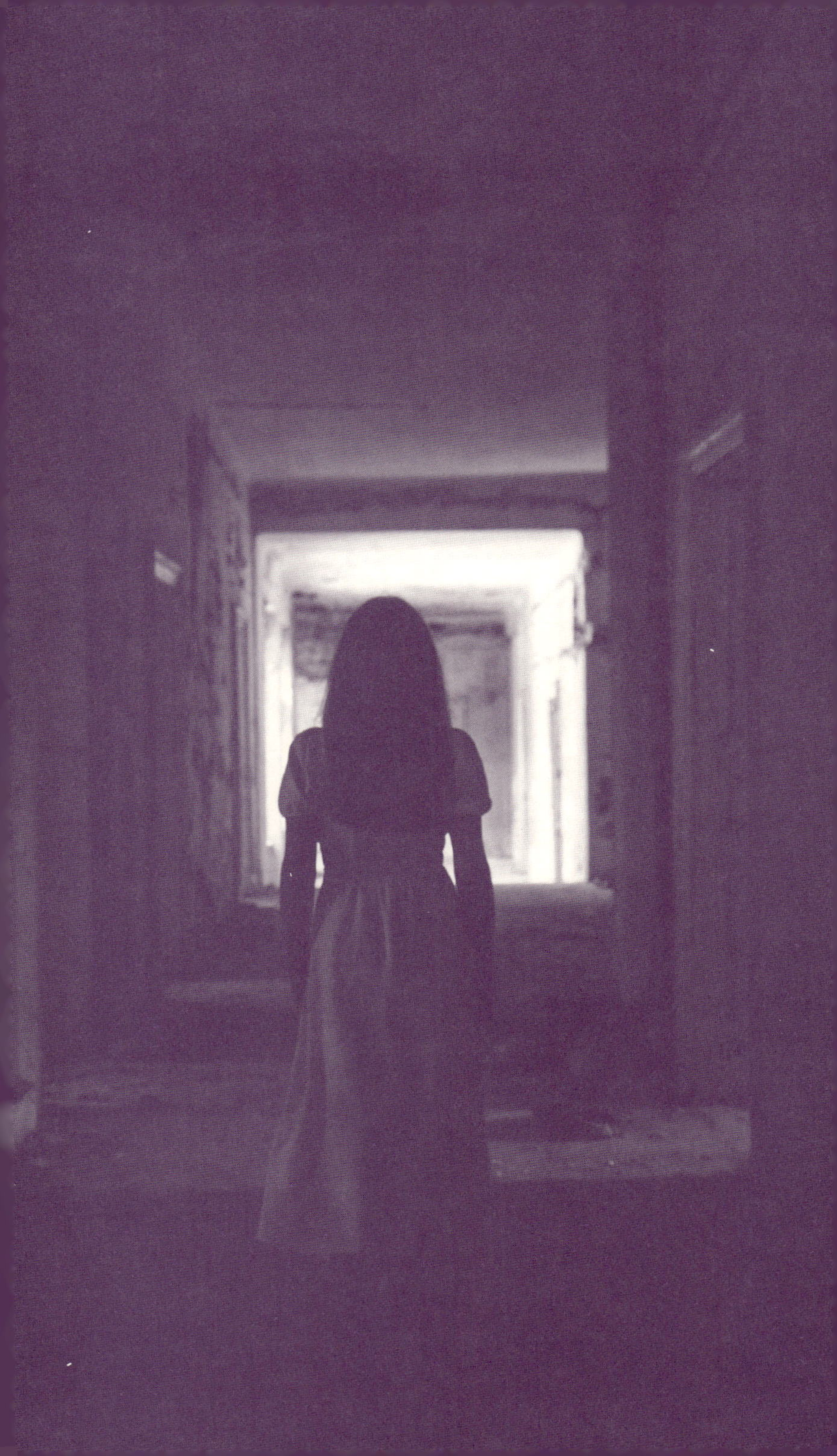

bacia das turcas

"It is not down in any map; true places never are"

— Herman Melville, *Moby Dick*

Duas lentas vozes com hiatos tão largos que fazem doer os dentes pela exposição à maresia do fim de tarde. O vento e o sal tornam ambígua a temperatura. Percorrem juntas e paralelas a geometria desse projeto de cidade – cada esquina, praia, praça e aqui, em meio aos fantasmas dos bailes de carnaval. Arrastam os pés descalços pela areia, acompanhando o marulho. Uma enrola os cabelos em um coque e se vira, posando como se, de moletom em pleno verão, debochasse. A outra empunha a câmera e fugaz captura a velha igreja no lado oposto. A língua estala.

– essas palavras estão fechadas e seladas *(tempo, marulho)* até o tempo do fim.
– onde você leu?
– o quê?
– essa inscrição?
– eu só me lembro.

(tempo, pés sobre a areia)

A embarcação viking, símbolo do Iate Clube, desgastada em azul. As paredes quase a desabar. Envolve uma pedra e aperta tão firme que talvez sangre em um ponto invisível para a outra. O mundo laranja se alarga, a longa exposição e a gagueira. Uma toca os pulsos da outra, sente os tortos glifos ainda não desbravados. O estrondo das espumas.

– ainda permanecemos em viagem, mesmo neste ponto...
– que mal existe para o lado de fora?

(tempo, marulho, os dedos tocam)

A velha placa turística em que faltam letras ou partes de letras. Não faz diferença, pois sabem que, há muito, ninguém a lê. Algumas crianças jogam bola nos escombros do antigo parquinho. O sargaço acumulado e o cheiro indivisível que exala da nuca. Com os pés sob a face das águas, fecha os olhos e respira. Podia jurar que algo ainda aconteceria.

debaixo da cidade há outro desenho — fantasmagorias e flexões em *Emily,*

Rita Isadora Pessoa

Emily Dickinson (1830-1886) nasceu em Amherst, Massachussets, numa família puritana tradicional e influente no período, tendo publicado praticamente nada em vida e permanecido reclusa a maior parte de sua existência. Conhecida como a excêntrica mulher de branco de Amherst, apenas após a sua morte, aos cinquenta e cinco anos, seus mil e oitocentos poemas manuscritos seriam descobertos por sua irmã mais nova, Lavinia. Em vida, Dickinson publicou cerca de dez poemas, todos muito editados e adequados para as escolhas formais do gosto da época. Após sua morte, levaria mais quatro anos até que a primeira publicação viesse a público, e apenas no século seguinte, em 1955, Thomas H. Johnson publicaria *Complete Poems*, a primeira edição fiel aos manuscritos, respeitando as escolhas originais de forma e pontuação da autora.

A deliberação determinada de Dickinson pela invisibilidade social durante sua vida contrasta em absoluto com a riqueza de seu mundo interior apresentada nos poemas, cujo raro teor metafísico se encontra atrelado tanto a um trabalho métrico original quanto a uma inovação nas formas de pontuação e encadeamento para os padrões da época. Assim como Emily Dickinson, em *Emily*, (2024), Guilherme Condimoura também faz uso de uma pontuação própria, desenhando na mancha gráfica e demonstrando uma compreensão intuitiva da tensão entre o espaço em branco e a palavra no papel.

Guilherme Condimoura publicou *Caderno de segunda mãe* (Garupa, 2015) e *mas passo esta matéria perigosa* (La Bodeguita, 2016) e, em *Emily,*, apresenta um projeto de três fortes pináculos: endereçamento, espectralidade/fantasmagoria e horror. Sua carta para Emily Dickinson abre com o primeiro poema "segunda lei da termodinâmica" (p. 11), enunciando uma espécie de tarefa epistolar necessária, na qual impossíveis ofícios se sobrepõem em diferentes tempos-espaços. A segunda lei da termodinâmica mostra que a quantidade de entropia de qualquer sistema isolado termodinamicamente tende a incrementar-se com o tempo, até alcançar um valor máximo. Nesse sentido, Guilherme nos demonstra que é preciso "redistribuir a nudez/ [...] desmontar o tubo em carta" até que o calor se redistribua no texto e uma misteriosa entropia se dê no verso: "[ninfa da lama,/ no centro de uma cova de lobo,/ a rã se refresca]".

Repleto de intertextualidade tanto com autores vivos quanto com mortos (mas sempre fantasmas, percebemos), *Emily,* se constrói com elegância entre referências cifradas, que vão desde o universo lynchiano ao cinema franco-senegalês, passando por mangás de diferentes gerações, quadrinhos, a pintura de Rembrandt e Pollock, *Moby Dick* e o navio Pequod; em suma, uma profusão de imagens e cenas que se dobram numa flexão única.

É digna de nota a presença da forma dramatúrgica invadindo o verso com suas marcações de estilo em diferentes momentos, mas em particular no poema "agora já não te perco; inevitável cinema" (p. 13):

    [plano detalhe;
    a carcaça do cão morto
    boiando
    ]

    [...]

[close-up
na primeira;
o nariz avermelhado de frio]

[...]

[corte]

É como se, em *Emily,*, Guilherme Condimoura flexionasse diferentes tempos, espaços, personagens e linguagens em uma espécie de origami. Uma forma atípica de origami, na qual, através de dobraduras e flexões, pontos de contato são constituídos entre aquilo que até então não conversava entre si – ou talvez nunca conversasse entre si, em última instância. Emily, a estranha mulher de branco de Amherst, dialoga silenciosamente com o cadáver ficcional de Laura Palmer; os mortos de *Atlantique* (Mati Diop, 2019) assombram através do mar, retornando para possuir corpos e construir uma cidade com pinceladas de Rembrandt, saraivadas de Pollock numa paleta agourenta de verde e roxo; e assim por diante. Dobrar aqui significa colocar em contato aquilo que caminharia desencontrado em linha reta: "debaixo da cidade há outro desenho" (p. 33), diz-nos Guilherme, e isso é quase o mesmo que dizer que debaixo deste livro de poemas há outro livro.

Rita Isadora Pessoa é uma escritora nascida no Rio de Janeiro. É mestre em Teoria Psicanalítica (UFRJ) e doutora em Literatura Comparada (UFF). Publicou, em 2016, seu primeiro livro de poemas, *A vida nos vulcões*. Foi vencedora do Prêmio Cepe Nacional de Literatura 2017 com o livro *Mulher sob a influência de um algoritmo*, e seu terceiro livro, *Madame Leviatã*, foi lançado em 2020 pelas Edições Macondo. Participou da antologia organizada por Heloísa Buarque de Hollanda, *As 29 poetas hoje* (Companhia das Letras, 2021).

grimm

sobre o autor

Guilherme Condimoura nasceu no Rio de Janeiro (RJ), em 1995, e cresceu em Cachoeiro de Itapemirim (ES). Faz doutorado em Letras – Estudos Literários na Universidade Federal do Paraná (UFPR), é mestre em Literatura pela Universidade Federal de Santa Catarina (UFSC) e graduado em Letras pela Universidade Federal do Estado do Rio de Janeiro (Unirio). É membro do ODORIcO – Laboratório de Teoria e Crítica de Tradução Literária. É cofundador da Telaranha Edições e da Livraria Telaranha. É responsável pelos projetos de noise e arte sonora Kafka the Creator, Gui K. O. e Voleibol Feminino.

1ª edição [2024]

Este é o livro nº 19 da Telaranha Edições.
Composto em Pirata One, Acumin Variable Concept e Adobe Kis,
sobre papel avena 90 g, e impresso nas oficinas da Gráfica
e Editora Copiart em outubro de 2024.